여우, 시계 그리고 바다

여우, 시계 그리고 바다

신보라 l 지음

초 판 1 쇄　　2023년 11월 25일

발 행 인　　신보라
교　　정　　신보라
발 행 처　　책을보라
주　　소　　경기도 양평군 양평읍 문화복지길 14
대 표 전 화　　010-3611-0893
출 판 등 록　　제2022-000011호
이 메 일　　tlsqhfk22@naver.com
인스타그램　　https://www.instagram.com/violette.books
편집디자인　　ESUN
표 지 삽 화　　이동휘

ISBN　　　979-11-985268-0-9 (0710)

※ 이 도서는 한국출판문화산업진흥원의 '2023년 중소출판사 출판콘텐츠 창작 지원 사업'의 일환으로
　 국민체육진흥기금을 지원받아 제작되었습니다.

여우, 시계 그리고 바다

책을보라

작가 | 신보라

웃는 모양대로 자리한
주름들이 나날이 선명해지고 있지만,
마음 속에는 다 자라지 못한 아이들이
살고 있는 모든 어른들을 위해 글을 씁니다.

작품으로는 에세이 <트리의 삽질 연대기>가 있습니다.

출판사 | 책을보라 대표 겸 책을보라 독서논술 교습소 원장

violette.books

들어가며

구몬 대신 카드 명세서를 읽고 텐텐말고 오메가3를 먹으며
선생님 아닌 부장님을 욕하는, 어느덧 사회가 말하는 어른이 되었습니다.

그러나 여전히 누군가의 방구 이야기에 푹 터지는 웃음을 참지 못하고,
조카의 홈런볼을 탐내며, 여전히 세뱃돈을 받고 싶기도 하고,
가끔은 보도블럭 선을 밟지 않고 뛰기도 하는, 내 안의 아이가 퍽 웃기기도 합니다.

그 웃기는 아이가 가끔 울고 싶을 때도 거래처 전화를 받느라,
더 슬픈 누군가를 위로하느라, 세탁기를 돌리느라, 치과 진료실에 들어가느라,
그 울음을 외면하곤 합니다.

오늘도 어른인 척하느라 바쁘고 고된 모두를 위해 동화를 썼습니다.
어쩌면 우리에게 가장 어울리는 이야기인 동화를 통해
마음 속 아이를 만나길 바랍니다.

차례

들어가며   05
자전거는 다 기억해   09
여우비   21
가방 들어주는 여자   37
해파리 이야기   49
그리움의 바다   63
시계 인간   79
도깨비 엄마   91
고라니의 노래   101
대머리와 콧수염   111
그럴만두   125
꽃잎에 누워서 보이는 당신에게   135

자전거는 다 기억해

글 신보라 · 그림 박초은

chojamong

어둡고 찬 공기 속에서
오랜 날을 보낸 자전거는
햇볕이 그리웠어.

쉬이이휘익
주인 할아버지 눈썹을 닮은
하얀 벚꽃잎 하나가
바람을 타고 오면
아, 봄이구나.

투둑투둑 내리는 비에
마을 개천의 바위에 낀
이끼 냄새가 느껴지면
그렇지, 여름이야.

탁! 탁! 떵떠러러러렁!
잘 자란 도토리들이 드디어
가지에서 낙하를 하네

지붕 위로 여럿이 안착하는 소리가 들리면
알아, 가을이 왔다는 것.

"할머니! 유리 왔어요!"
도토리들이 자유낙하를 하면
자전거는 미리부터 설레.
가을이 왔다는 것, 그것은 네가 온다는 소식이니까.

너는 창고 문을 열어.
자전거는 드디어 햇볕을 보지.
너무나 보고 싶었어.
햇볕, 그리고 그보다 더 따사로운 네가.

네가 오면 자전거는
너무나 신이나.
신이 나서 더욱 빠르게 빠르게 바퀴를 굴려.

그렇지만 앞서갈 순 없어.
너와 속도를 맞춰야지.
자전거가 달리기를 좋아하는 이유는
너와 발을 맞출 수 있기 때문이야.

**따릉따릉
네가 딸랑이를 누르면
자전거는 기억해**
일을 마치고 집으로 달리던
주인 할아버지의 콧노래를,
마을 개천에 비치던 노을을.
따르릉따르릉
자전거는 또 기억해
학교를 마치고
집으로 가는 길,
네 손에 들린 아이스크림의
달콤한 내음을.

따르릉따르릉
자전거는 또 기억해
네가 처음으로 마당에 핀
꽃을 잔뜩 꺾었던 날
손에 쥐었던 땀을.

따르릉따르릉
그리고 자전거는 또 기억할 거야
아이였던 네가 자라서 다시 너만한 아이를
자전거에 태우고 달린 오늘의 설렘을.
자전거는 다 기억해
주인 할아버지가 마지막으로
자전거를 창고에 넣어두었던
꽤 오래전 그날도,
네가 다시 자전거를 찾아 준 날의 반가움도.

**자전거는 네가 달렸던 모든 길을
잊지 않을 거야.**

여우비

글 신보라 · 그림 구름

aghit_u

아주 먼 옛날 어느 작은 마을에
하얗고 예쁜 구름이 살고 있었습니다.

구름은 이웃에 살고 있는 여우를 사랑했어요.
마음에 품고, 행여 그것이 깨질세라
금이야 옥이야
발을 두둥실 동동 구르며
아주 소중하고 귀하게 여겼어요.

어느 화창한 여름.
나뭇잎 끝 이슬에 비친
단 한 점의 햇빛마저 쨍하게 퍼지던 날,
여우와 구름은 함께 옆 마을로
소풍을 떠났습니다.

행복한 구름의 설렘이
뭉게뭉게 피어올랐어요.

"구름아, 여기 나물이 참 많아.
참나물, 비름나물. 다 네가 좋아하는 것들이야.
널 위한 나물 반찬을 잔뜩 할 수 있겠어!"

구름은 여우의 이런 따뜻함이 참 좋았어요.
지나던 곳에서도 자신을 기억해주는 것.
그 마음에 사랑이 담겨있는지 궁금할 때도 있었지만
차마 묻지는 못했어요.

귀하고 소중하게 여기던 것이 깨질 수도 있을 테니까요.

여우는 콧노래를 부르며 신나게 나물을 캐고
구름은 그런 여우를 흐뭇하게 바라보며 차를 달였어요.
둘의 행복이 차오르던 그때,
여우의 등 뒤로 커다란 그림자가 드리웠어요.

"내 땅에서 무얼 하는 거지?"

천둥과도 같은 음성에 구름은 놀라서 바짝 굳어버렸고,
여우는 애써 떨림을 감추며 뒤를 돌아보았어요.

짙고 큰 그림자, 벼락같은 목소리의 주인은
바로 이 산을 다스리는 지배자, 산신 호랑이였습니다.

이 산의 모두가 그를 두려워했어요.
그의 발자국 소리만 들려도 모두들 몸을 숨기거나 도망쳤고,
납작 엎드려 절을 해서라도 목숨을 구걸했지요.

마주친다면 무조건 도망가라는
사슴의 말이 떠올랐지만,
여우는 구름을 두고 혼자 내달릴 수 없었어요.
대신, 여우는 기지를 발휘했어요.

"상제께서 내게 이 산의 왕이 되어라 명하였습니다.
믿지 못하겠다면 보여드릴 테니 내 뒤를 따라오십시오."

호랑이를 뒤에 세운 채,
앞서 걷는 여우에게 산속 모두가 엎드려 절하며 조아렸습니다.
호랑이의 산, 모든 고개를 넘으며 여우는 당당함을 잃지 않았어요.

"이젠 믿기십니까?
그러니 구름을 그냥 보내주십시오. 그는 죄가 없습니다."

호랑이는 생각에 잠긴 얼굴로 여우를 바라보았어요.
여우는 겁이 났지만 마주친 눈을 피하지 않았죠.
긴 눈 맞춤 끝에, 호랑이가 입을 열었습니다.

"나를 무서워하지 않은 녀석은 네가 처음이구나.
내 재미를 좀 느꼈으니 너는 내 곁에 머물거라. 구름은 풀어주겠다."

영악하고 능글맞은 여우에게 관심이 생긴 호랑이는
여우를 붙잡아두었어요.
여우의 마음을 알기에 구름은 억지로 돌아갈 수밖에 없었습니다.

그렇게 산의 주인인 호랑이와 볼모가 된 여우의 동거가 시작되었죠.

호랑이 곁에서 참모로 있던 간악한 뱀은
둘의 모습이 영 못마땅했어요.
호랑이 덕에 누렸던 권세를 여우에게 몽땅 빼앗기게 되었으니까요.

틈을 노리던 음특한 뱀은,
하루 중 잠깐, 호랑이가 혼자가 된 순간,
다가가 그의 귀에 속삭였어요.

"여우 그 자가 산령님께 거짓을 고했습니다.
상제께선 그 자에게 이 산의 왕이 돼라 한 적이 없습니다.
모두가 그 자에게 머리를 조아린 것은 뒤에 계신 산령님 때문이었습니다."

평소 호랑이의 성정을 알고 있는 교활한 뱀은
호랑이가 불같이 분노하고 여우를 해할 것이라
생각했지만,
호랑이는 말이 없었습니다.
그리고 조용히, 뱀의 숨통을 조였습니다.

"다시 한번 네 그 간악한 혀를 놀려 여우에 대해 떠든다면
목숨을 부지할 수 없을 게야."

호랑이는 여우와 함께 지내며
여우를 사랑하게 되었습니다.
평생을 함께 하고 싶을 만큼.

자신의 마음을 깨달은 순간부터
호랑이는 끊임없이 사랑을 표현했고,
여우는 그 마음을 받아들였습니다.

"혼인 하자."

호랑이는 길일을 골라 여우에게 청혼을 했습니다.
결국 여우는 호랑이의 손을 잡았어요.

짙은 파랑으로 물든 하늘님도, 뜨겁게 타오르는 해님도.
모두가 활짝 웃으며 여우와 호랑이를 축복하는,
혼인날입니다.

산속 모두가 떠들썩하게 혼인을 축하하는 가운데,
옆 마을까지 퍼진 이들의 혼인 소식을 듣고
구름도 찾아왔습니다.

여우와 호랑이가 맞절을 올리고
영원을 약속하는 모습을
구름도 보았습니다.

맑은 햇살이 구름의 등 뒤를 지나던 그때,
구름의 두 눈 가득 고인 눈물이 결국 터져 나왔습니다.
말하지 못한 사랑에 이대로 여우를 보내지만
가질 수 없는 것을 알기에 구름은
여우를 원망하지 않았습니다.

햇살이 구름을 다독이려
등 뒤에 머물렀지만,
결국 구름의 눈물을 가릴 수는 없었습니다.

눈물이 비가 되어 내렸고,
여우의 얼굴에 빗물이 닿은 순간,
여우와 구름이 서로를 발견했습니다.

멀찍이 떨어진
여우와 구름.

구름은 여우를 위해
웃는 얼굴을 지어보았습니다.
여우가 행복하길 바라며.

여우도 구름에게
이제 다시 보내지 못할 미소를 보냈고,

여우와 구름 사이,
그들이 있는 곳에는
화창한 빛과 함께 비가 쏟아졌습니다.

가방 들어주는 여자

글 신보라 · 그림 박초은

chojamong

영어영문학과 신입생,
스무 살 장미는
선후배 대면식에서 만난
학회장 오빠에게 첫눈에 반했답니다

첫사랑이었어요.

학회장 오빠는
갓 제대한 복학생.
다정한 선배.
모두가 따르는,
진국 중의 진국.

무엇보다
하얀 폴로 티셔츠가 잘 어울리는 남자였답니다.

봄바람 휘날리며 흩날리는 벚꽃잎이
울려 퍼질 거리를 둘이 걸으며 아니 셋이 아니 넷이 아니 여럿이 걸으며

술에도 취하고 사랑에 취한, 결국 봄에 취한 장미의 자리는 학회장 오빠의 옆이었어요.

자리가 사람 대신 사랑을 만들며,
장미는 학회장 오빠의 모든 시선을 눈에 담고,
오빠의 모든 말을 귀에 담고,
언젠가, 떨어지는 오빠의 물건을 담다가 가방을 들게 되었습니다.

그 곁에서, 술에만 취한 오빠가 습관대로 가방을 버리면
장미는 가방을 들고 자신의 본분을 다했습니다.
그것은 사랑이라는 사명이었겠지요.

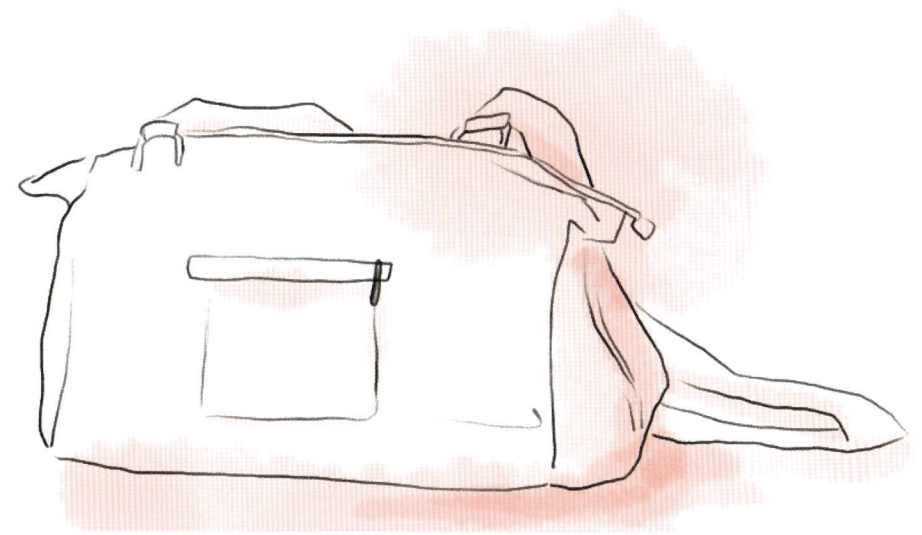

어느 날 오빠는 친구들 모임에 장미를 초대했습니다.
어머나, 이것은 사랑의 초록불이 아니겠어요?

장미는 가장 아끼는 예쁜 옷을 꺼내 입고, 금손 친구들의 도움을 받아 화장도 하고,
머리를 단장했습니다. 파티로 향하는 신데렐라가 따로 없었지요.

파티장은 신촌의 막걸릿집.
전이 그렇게 맛있다는 그곳에서 만난 오빠는 장미에게 작은 가방을 맡겼어요.

"현금으로 받은 월급이 든 가방인데, 취하기 전에 미리 맡길게."

이제는 취하기도 전에 돈을 맡기는 이 남자, 피땀 흘려 번 돈을 맡기는 이 남자,
사랑의 초록불이 아닐 수가 없었어요.

오빠의 친구들은 장미를 좋아했어요.

장미가 어려서부터 오락부장 자리는 도맡아 하던 재간둥이였거든요.

장미의 말장난에 친구들의 배꼽이 우수수.

장미의 애교에 친구들의 웃음소리가 깔깔깔깔.

장미의 활약에 분위기가 한껏 달아오른 그 무렵,

쨍그랑-

차임벨 소리와 함께 새로운 인물이 등장했어요.

그것은 바로, 영어영문학과 최고의 퀸카 국화!

긴 생머리만큼이나 늘씬한 몸매를 자랑하는 국화. 세련된 도시 여자!

여자, 남자, 선배, 후배 모두에게 추앙을 받는 여인!

더 놀라운 것은, 킨카 국회 이것이 글쎄,
자신 있게 들어와 자연스레 오빠 옆에 앉는 게 아니겠어요?
장미는 속에서 뜨거운 것이 끓어올랐어요.

순식간에 무대의 주인공이 바뀌었고, 하릴없이 쇠젓가락을 불에 달구는
장미에게 오빠가 다가와 속삭였어요.

"장미야, 나 국화랑 잘 되고 싶어. 밀어줄 수 있어?"

기가 막히고 코가 막혔지만 더 화가 나는 것은,
귓가에 다가온 그 순간마저도 떨렸던 심장 때문이었을 거예요.

장미는 그곳을 뛰쳐나왔어요.
이것은 내 사랑에 대한 모욕!
내 봄에 대한 멸시!
유모라도 된 양 그의 가방을 들어주었던 장미의 시간이 처절히 짓밟히는 순간이었답니다.

울분이 눈물, 콧물이 되어 터져 나왔어요.
몸에 담긴 모든 수분을 분출할 수 있을 것 같았어요.

통한과 오열의 버스.
얼마 지나지 않아, 오빠에게서 전화가 왔어요.
그의 전화를 받지 않는 것은 장미의 마지막 자존심이었죠.

핸드폰을 꺼둔 채,
식음을 전폐한 일주일이 지났어요.
학교에도 나가지 않은 새,
병상 위 환자처럼 지낸 장미에게 찾아온 것은
다름 아닌 경찰이었어요.

'장미 씨, A 씨 현금 절도 건으로 서에 가셔야겠습니다.'

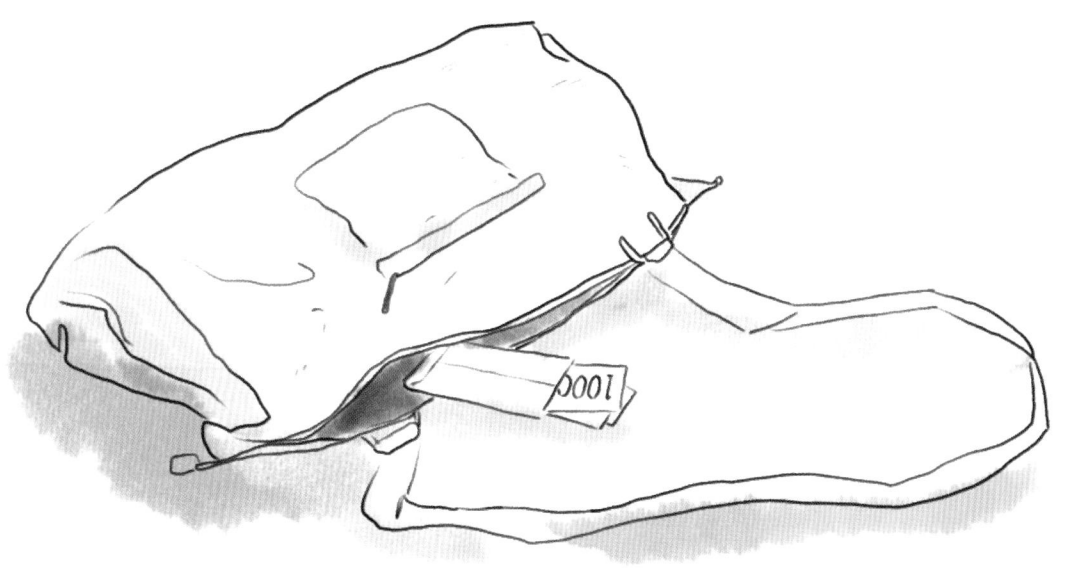

일주일 만에 오빠를 경찰서에서 만났어요.
믿기 힘든 재회였지요.

막걸릿집을 뛰쳐나온 그 순간까지도 몹쓸 습관으로 그의 가방을 들고 있었던 거예요.
착용감이 너무나 장미 자신의 것이었으니까요.

사건은 훈방조치로 종결되었고,
오빠는 돈을 돌려받았어요.
주는 사람도, 받는 사람도 찜찜하기만 한,
아름답지 못한 결말이었죠.
장미의 첫사랑은 그렇게 서에서 막을 내렸다고 해요.

시간이 흐르고 흘러,
모두 대학을 졸업하고,
고전 끝에 취업에 성공하여

각자의 삶의 모양을 만들어 가던 11월 어느 날,

장미와 오빠는 우연한 장소, 우연한 시간에 마주쳤어요.
오빠는 여전히 하얀 폴로티를 즐겨 입었지만,
세월이 훑고 간 자리에 남겨진 멋은 그 빛이 바래져 있었지요.
장미는 지난 과거에, 뜨겁고 변변치 못했던 그 처음에
얼굴 없는 인사를 보냈습니다.
흩날리던 벚꽃이 지고
거리는 낙엽으로 채워진
가을이 가고 있었어요.

해파리 이야기

글 신보라 · 그림 김선미

너무나 약하게 태어난 해파리.
큰 꼬리도, 강한 지느러미도 없는 해파리에게
바다는 헤엄치기엔 너무나 깊고 거칠었지.
태어나고 자란 곳을 헤엄쳐 다닐 수 없다는 것은
슬픈 일이었어.

해파리는 연어를 보았어.
강에서 태어나 바다에서 삶을 보낸 연어는
자신이 태어난 강을 기억해.
그리곤 강을 거슬러 올라가지.
낭만적인 기억력과 대단한 의지에 혀를 내둘렀어.

해파리는 또 범고래를 보았어.
똑똑하고 힘도 센 바다의 일진 무리들.
몰려다니며 그 위용을 자랑하는 범고래들은
시속 56km 속도로 달릴 수도 있대.
삶은 불공평하구나. 절로 탄식이 나왔어.

상어 중의 상어 메가로돈.
이들은 정말 정말 커.
어쩌면 바다만 할 수도 있겠어.
이빨도 무려 18cm.
어쩔 수 없는 존재 앞에서 느껴지는 것은 무력감뿐이었어.

누가 그랬어. 해파리 너만 헤엄을 못 치는 게 아니라고.
바닷가재를 보라고 했지.
그런데 그들은 보행의 능력이 있었어.
무려 바다를 걸어 다니는 멋진 녀석들.
바다를 걷는 것은 신뿐인 줄 알았는데 말이야.

모두가 기특한 능력 하나 정도씩은 있었지.
'나는 아무것도 할 수 없는 존재인가 봐.'
그래서 해파리는 아무것도 하지 않기로 했어.
두둥실 두둥실
온몸에 힘을 빼고 눈을 감고
떠돌아다녔지.

떠돌이 생활 중에 들은 부고 소식.
저번에 만난 연어가
고향 강으로 거슬러 올라가
알을 낳고 삶을 마감했다더군.

범고래는 재주가 많은 나머지
인간들을 즐겁게 할 수 있었는데.
결국 더욱 즐겁고 싶었던 인간들에게
납치되는 사건이 끊이질 않았어.
흉흉한 일이지 참.

30도가 넘는 체온을 가진 메가로돈은
어느 날, 차가워진 바다에서
먹이도 잃고, 체온 유지를 힘들어하더니
결국 하나둘씩 그 삶을 다 하곤,
자취를 감춘 지 오래야.

바닷가재는 낮에는 동굴에 숨어 산대.
햇빛이 들어오는 바닷속의 아름다움을
알지 못한다더라.

그렇다고 연어의 삶이
범고래의 위용이
메가로돈의 존재가
바닷가재의 멋스러움이
모두 아무것도 아니었을까.
해파리는 아니라고 생각했어.
사는 동안 그들이 얼마나 대단했는지.
그들의 순간을 해파리가 기억하니까.

해파리는 그렇게 오랜 시간을 바다에 몸을 맡기고 수면을 떠돌아 살았어.
그렇게 살아졌어.

많은 친구를 만나고 다양한 삶의 모양을 보고 바다가 주는 것들을 먹고
때로 위협이 오면
독을 쏘기도 하면서, 바다가 인도하는 대로 살았어.
특별할 게 없다고 죽어버리는 것이 아니라,
그렇게
살아지더라.

그리움의 바다

글 신보라 · 그림 박나라

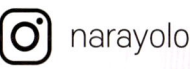
narayolo

동동이는 오늘 가장 소중했던 친구를 떠나보냈습니다.
세상살이 10년 차, 가슴 아픈 첫 이별이었죠.

똑똑

동동이는 너무 슬펐어요.
슬퍼서 종일 울고 밥도 먹지 않고
친구들과 나가 놀지도 않았죠.

어깨가 축 처진 채, 방에만 틀어박혀 있는
동동이에게 형이 다가왔어요.
동동이보다 8살이나 많고,
평소에는 말도 잘 걸지 않던

무뚝뚝한 동동이의 형.
그런 형이 침대 위에 걸터앉아 말을 걸어왔어요.

형은 동동이의 콧물도 닦아주고
눈물도 훔쳐주었어요.
그리곤, 그리움의 바다라는 곳에 대해 말해줬어요.
그곳은 이별 후 가야 하는 종착역이라고 했어요.
선로는 눈을 감으면 마음 안에 그릴 수 있고,
승객도, 승무원도, 기관사도 나 자신뿐인
이 열차는 오직 내 의지가 생기는 순간에만
운행한다고 해요.

그날 밤, 잠자리에 든 동동이는 눈을 감고
마음 안에 선로를 그렸어요.
그 위에 동동이가 운행하고,
동동이만 유일한 탑승객인
열차가 생겨났죠.
운전대를 잡고, 버튼을 누르니,
부우우우우웅
운행 출발음을 요란하게 울린 열차가 출발합니다.

심장이 콩닥콩닥 뛰고 울렁이는 것 같기도 하고 묘한 기분이 들었어요.
열차 밖 풍경을 보았죠.

첫 번째 정거장은 친구와 동동이의 첫 만남 역이었어요.
우연히 동갑이라는 것을 알게 됐고,
수줍게 말을 걸었던 그때의 기분으로 배꼽 주변이 간지러워졌어요.

두 번째 정거장은 친구와 동동이의 다투었던 기억의 역,
서로 눈을 흘기고 미운 말을 했던 장면이 눈앞에서 살아났어요.
이후, 우리가 즐겁게 놀았던, 소리 내어 웃던 행복의 역을 지나
마지막 떠나던 날의 이별 정거장을 훑고
그리움의 바다에 도착했어요.

이곳에는 각자 자신만의 열차를 타고 온 사람들이 있었어요.
사람들마다 형형색색의 구슬을 안고 있었어요.
"누나, 그 구슬은 뭐예요?"
"응, 이 구슬은 우리 초코를 향한 나의 그리움이야.
함께 한 모든 순간이 담겨있지."

이곳에는 각자 자신만의 열차를 타고 온 사람들이 있었어요.
사람들마다 형형색색의 구슬을 안고 있었어요.
"누나, 그 구슬은 뭐예요?"
"응, 이 구슬은 우리 초코를 향한 나의 그리움이야.
함께 한 모든 순간이 담겨있지."

한 사람씩 구슬을 바다에 놓아주자,
구슬은 녹아서 바다를 아름답게 물들였어요.
신비한 은하수를 닮은 바다,
반짝반짝 톡톡 튀는 솜사탕과 젤리 색을 입힌 바다,
따뜻하고 오묘한 촛불이 켜진 듯한 바다
구슬이 저마다 아름다운 색으로 바다를 빛나게 했어요.

"얘, 너도 구슬을 놓아주어야지."

초코와 헤어졌다던 누나가 동동이에게 말했어요.
그러나 동동이는 겁이 났어요.
구슬을 놓아주고 모든 것이 사라져 버리면 어떡해요.
내가 다시는 친구를 기억하지 못하면 어떡해요.
오늘 일은 없었다는 듯, 언제 그리워했냐는 듯 살아가면 어떡해요.
그래서는 안 될 것 같았어요.

"구슬은 때가 되면 놓아주어야 해. 시간이 지나면
올무로 변할 수도 있거든."

동동이는 반발심이 생겼어요.
나와 친구의 추억이 그런 나쁜 짓을 할 리가 없거든요.

"알아, 추억은 그런 짓을 하지 않지.
그렇지만 어떤 것이든 한곳에 오래 고여 있으면
원래의 모습을 잃어버리게 돼.
그래서, 우리는 추억이 아름다울 때, 바다에 놓아주어야 하지.
그러면 빛을 잃지 않거든. 그리곤 네가 그리고 싶을 때마다,
눈을 감고 오늘처럼 찾아오면 되는 거야. 이 그리움의 바다로."

누나가 두 손을 바다에 넣어서 물을 담아 올리자,
물 위로 초코와 누나가 노을이 비치는 거리에서
산책하는 장면이 비쳤어요.
달콤한 바나나 냄새도 나는 것 같았어요.

"나는 초코와 헤어지고 많이 슬펐지만,
주어진 삶을 살아가기로 했어. 할 수 있다면 행복하게.
그래서 초코를 내 마음 한켠, 그리움의 바다에 놓아주기로 했지.
남은 시간을 웃으며 잘 보내야 나중에 초코를 다시 만났을 때,
자랑스러운 누나로 어깨 펼 수 있지 않겠어? 넌 어때?"

누나의 말을 듣고, 동동이는 잠시 생각에 잠겼어요.
그리고 머지않아 결단을 내렸죠.
나중에 친구와 다시 만났을 때, 이야기할 수 있는 시간을 살고 싶었어요.

사실은 열차를 타기 전부터 챙겨 왔던
동동이의 소중한 구슬.
그 구슬을 바다에, 놓아주었어요.
반짝반짝 보석이 박힌 듯, 총천연색으로 바다가 순식간에 물들었어요.
그리고, 동동이 눈에서 흐른 눈물도 반짝이더니
바다와 마주한 하늘 위로 올라가 별이 되어 알알이 박혔어요.

첫 모험의 끝에서, 구슬을, 추억을, 그리움을, 친구를 바다에 놓아주고,
동동이는 집으로 돌아갔어요.
그렇게 다시, 말수 적은 형의 장난기 많은 동생이 되어
이야기할 수 있는 시간을 만들기 위해
일상을 살았어요.
유난히 생각나는 밤이 될 때마다
두 번이고, 세 번이고 모험을 떠날 기약을 하고서 말이에요.

시계인간

글 신보라 · 그림 이동휘

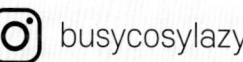
busycosylazy

사람은 자기만의 시계를 갖고 삽니다

그 시계는 모두에게 공평하고 일정한 속도로 흐르는
세상의 시계와 다릅니다.
모두가 공유하는 시간과 달리
시계 주인만의 속도로 흐르죠.

행복한 사람의 시간은
그 행복을 손에 다 쥐기도 전에
흘러가버립니다.
눈을 한 번 깜빡였고,
당겨진 활시위를 놓았을 뿐인데
행복의 형태를 완전히 그리기도 전에
시간은 금세 저 멀리 달아나버립니다.

행복의 뒤, 허무 끝에서야
지나간 시간을 돌아보며
그 시간을 그리워합니다.

여기, 한 사람이 절망에 빠져있습니다.
그를 엎드리게 한 것은
연인의 잠수이별일 수도
숨통을 조여 오는 가난일 수도
잠식시키는 우울이라는 병일 수도 있겠습니다.
그의 시계는 멈췄습니다.
시침도, 분침도, 초침도
미동이 없습니다.

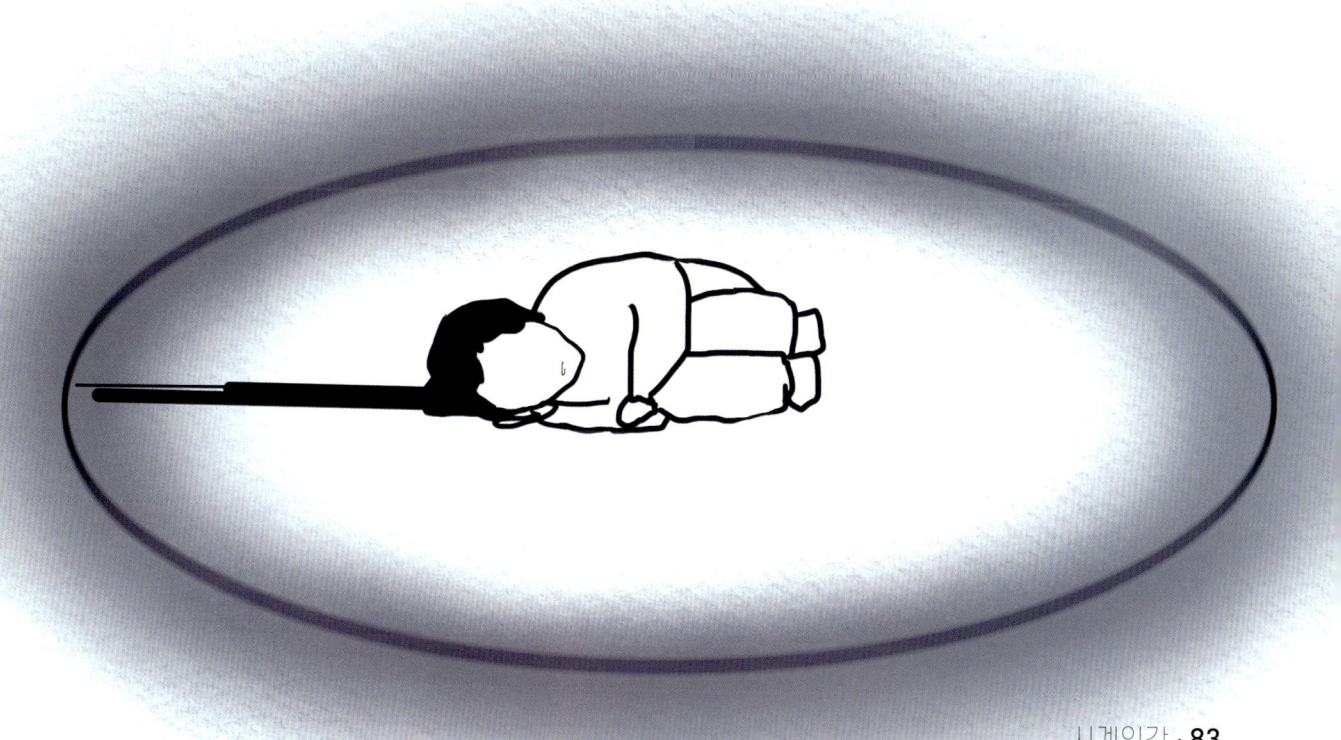

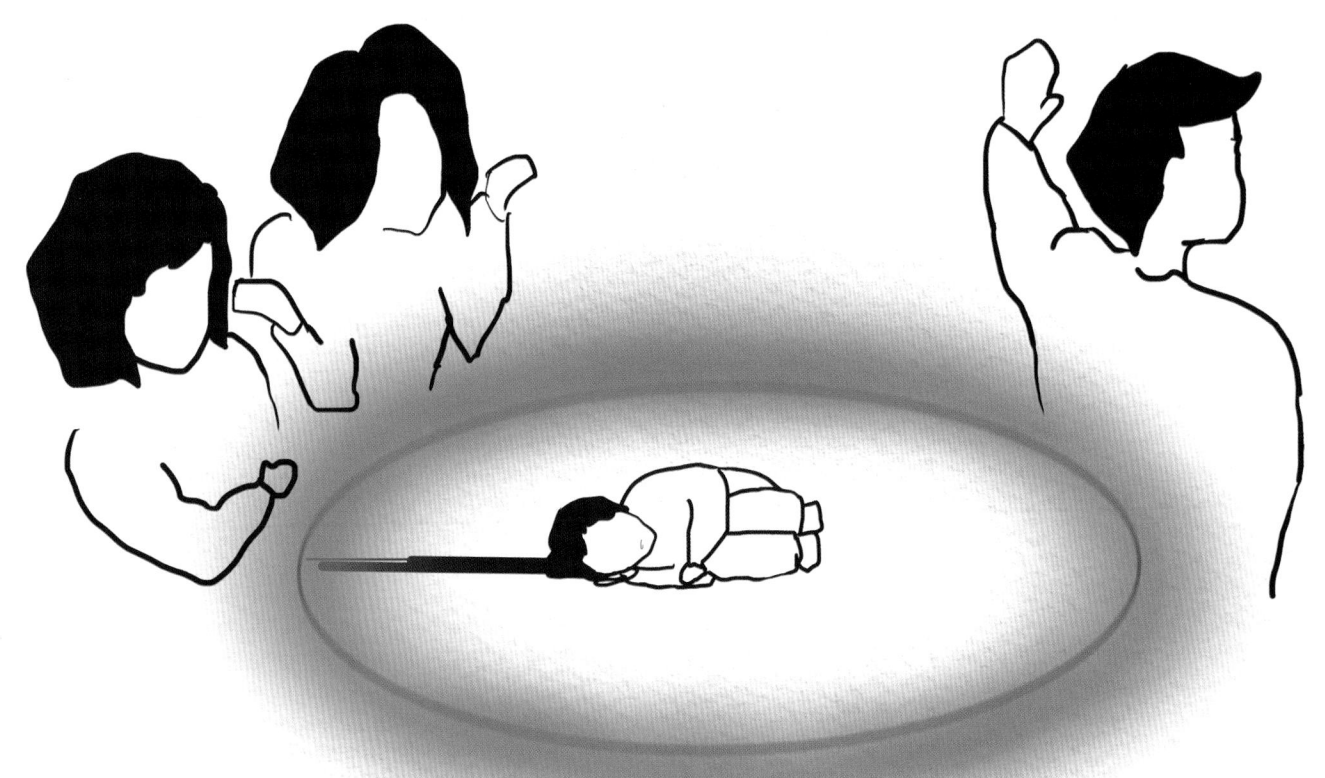

"야, 일어나. 이러는 거, 나약하다는 증거야. 힘을 내야지."

"정신력으로 버티는 거야."

"누구나 힘들어. 너만 힘든 게 아냐."

그를 사랑하는 많은 사람들이
그가 일어나길 바라며 마음을 담은 말들을 뱉습니다.
응원과 격려의 말에도 시계는 미동이 없습니다.

시간이 약이라고들 하지만, 그 시간을 돌리는 데
필요한 것들이 없는 사람은 멈춰버린 시간 속에 있습니다.

텅 빈 시간.
텅 비어버린 그의 눈앞에
빠르게 돌아가는 시계를 찬 사람들,
옆 사람의 시계와 속도를 맞추는 사람들이
비칩니다.

그들 중에는
행복 대신
자신의 모든 기력을
시계 회전에 쓰는 사람들,
자신의 속도를 정할 수 없어
옆 사람의 초침을 힐끗힐끗
곁눈질하는 사람들도 있네요.

어쨌든 주인의 모양대로
시계는 굴러갑니다.
엎드린 그를 빼고 모두가요.

"시간이 멈춰도 돼.
네 시계가 다시 움직일 때까지 내가 옆에 있어 줄게."

텅 비어 있었던 그의 눈에 누군가 들어옵니다.
형형색색 화려한 꽃으로 치장한,
우스꽝스러운 누군가는
그의 옆으로 바짝 붙어 앉습니다.

"말하고 싶은 게 생길 때 말해.
내 귀는 항상 열려 있거든."

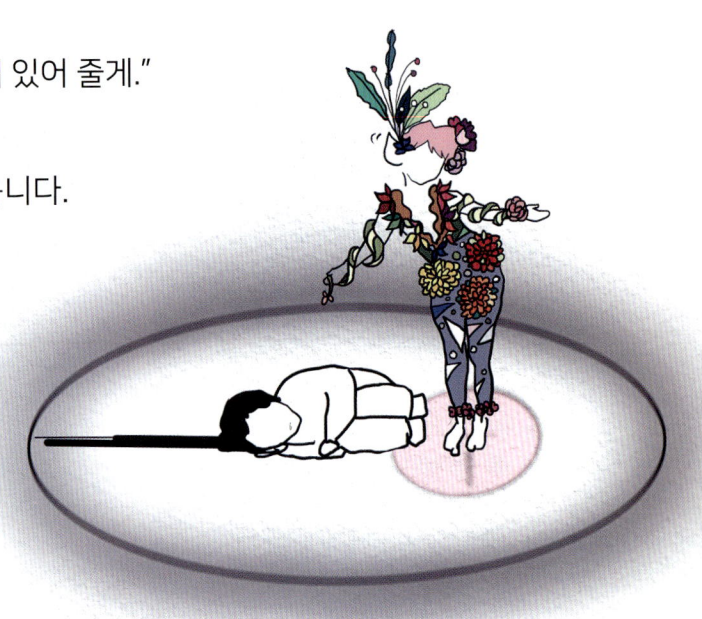

그는 오랜 시간,
한참을 아무 말도 하지 않았습니다.
그럼에도 이름을 알 수 없는 누군가는
때마다 치장한 꽃을 달리하여
그의 옆에 앉고, 서고,
또 어느 날은 춤을 추기도 합니다.

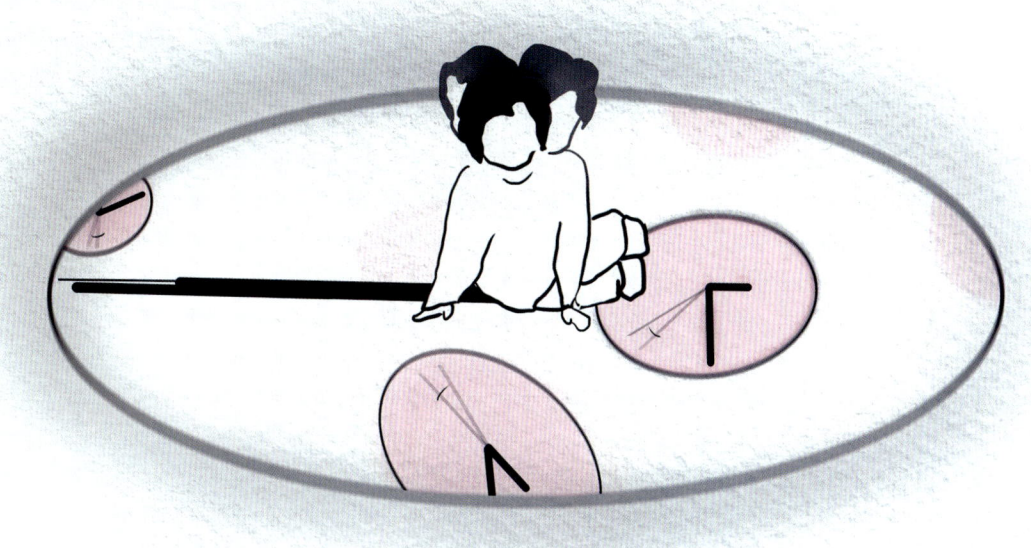

그는 누군가의 시계를 보았습니다.
침묵 앞에 아랑곳 않는
지침 없는 누군가의 시계는
또. 각. 또. 각
또. 각. 또. 각
한참을 보아야 움직임이 느껴지는
아주 느린 시계였습니다.

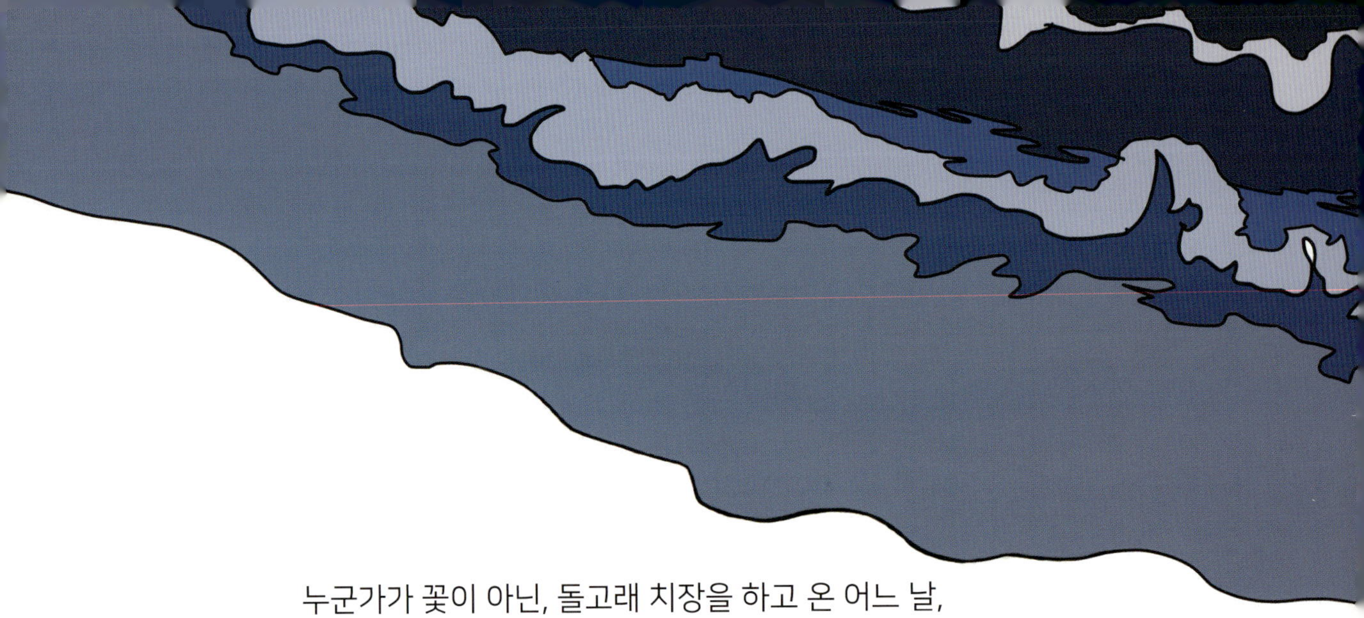

누군가가 꽃이 아닌, 돌고래 치장을 하고 온 어느 날,
우울의 파도가 저 멀리서
그를 향해 밀려오고 있습니다.
누군가는 눈에 별을 박고
그에게 말합니다.

"저 파도가 밀려와도, 난 너와 함께 파도를 맞고,
함께 헤엄칠 거야."

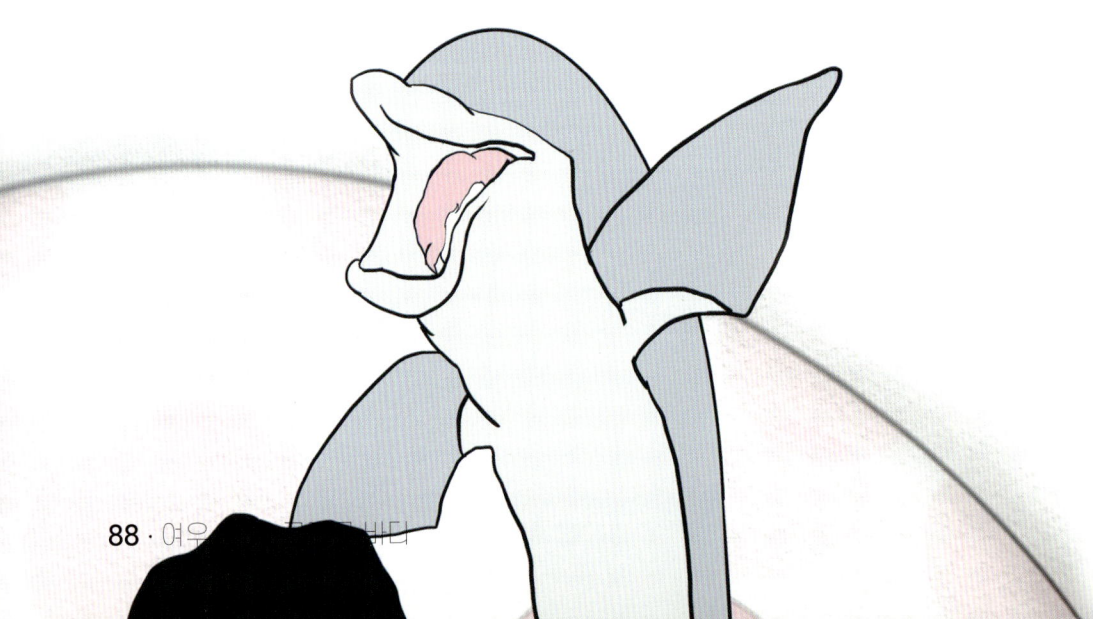

그 순간, 누군가의 말이 그의 귀에 닿고
누군가의 눈에 박힌 별을 본 그 순간,
그의 시계가 또각
하고 움직였습니다.

도깨비 엄마

글 신보라 · 그림 이동휘

 busycosylazy

'병가 내겠습니다.'
오늘 예보에 가을 비는 없었습니다.
투두둑 떨어지는 빗방울과 함께 신열도 연락 없이 찾아왔네요.
몰래 온 손님이 제멋대로
몸을 달구고, 쥐락펴락 흔드는 통에 슬기는 입사 후, 첫 병가를 냈습니다.

'내일 뵙겠습니다.'
슬기의 인사에 김 부장의 마뜩잖은 두 눈썹은 구부러져 서로 이어질 듯.
닿을 듯 말 듯.

탁탁, 세찬 빗방울이 2천 원짜리, 투명 우산을 뚫을 듯 내리치고,
천둥이 그리고 번개가 번-쩍 하늘을 갈라
누군가가 내려올 틈을 줘도, 회사 밖은 화사.

열이 오른 채, 물 웅덩이를
폴-짝

두 번의 점프
세 번의 뜀박질
어느새 도착한 소망빌 302호
슬기의 여덟 평 세간살이.

침실과 거실, 주방이 함께하는 이곳에 도깨비 엄마가 슬기를 기다리고 있습니다.

"누구세요?"
"아까 슬기가 불렀잖아. 하늘이 갈라진 틈으로 구름 타고 내려왔지."
부엌에서 퍼진 온기, 달큰한 음식 내음이 슬기를 쥐고 있던 아픔 하나를 풀어냈습니다.

"열이 나는구나. 아무것도 하지 말고 누워 있으렴. 얼른 밥해 줄게."

도깨비 엄마가 냄비에 넣는 것은, 도도새의 미소, 바람의 눈물,
달빛 다이아몬드 그리고 참된 이슬 반 컵.
휘적휘적 젓자 큰 구름 덩이 하나가 냄비 위로 떠 오르고,
후~ 바람을 불자, 구름이 슬기 곁으로 날아와 덮어줍니다.

휘적휘적, 다시 요상한 국물을 젓다가 그릇에 담자
슝~ 날아와 슬기 앞으로 배달됩니다.
계란국 같기도, 커피 같기도 언뜻 술 같기도 한 국물이 몸을 채우자
굽어있던 뒷목, 뭉친 어깨, 쑤시던 날갯죽지에 편안한 미소가 번집니다.

도깨비 엄마는 바닥 여기저기 나뒹구는 슬기의 긴 머리카락,
먼지들을 쓸고 닦고 쌓여있는 일회용 용기를 치우고 문고리에 걸린 수건들을 빨래합니다.

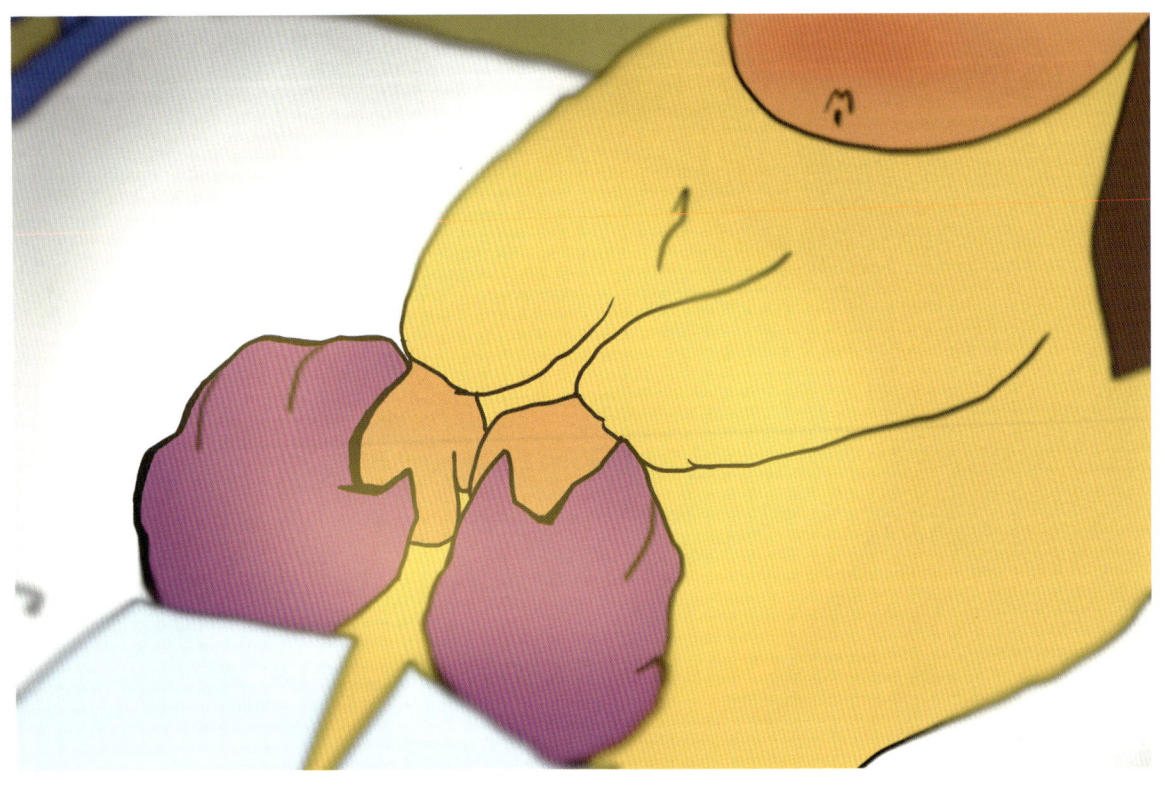

잘살아 보고자 했지만 마음처럼 되지 않았던 서울살이.
엄마에게 말하고 싶지 않았던 것들을 들킨 것 같아
창피함에, 저도 모르게 뱉어버린 신음이 도깨비 엄마에게 가 닿았습니다.

슬기의 손을 잡은 도깨비 엄마.
슬기는 모로 누워 손이 포개진 채, 그동안 말하지 못했던 마음의 숙제를 풀어냅니다.

슬기의 말에는 대답 대신 한숨만 내쉬던 김 부장.
슬기의 옷차림새, 바뀐 화장에 날마다 심사위원을 자처한 김 부장.
슬기의 야근을 갈아, 자신의 무능을 채운 김 부장.

그것뿐일까요.

회사에서 나를 깎는 것은 김 부장.

밖에서 나를 깎았던 것은 나 자신.

살아갈수록 친구들과 달라지는 삶의 모양새에

나는 나를 짓누르고,

그 위에 괴로움을 키우고,

여덟 평짜리 방 안, 이곳에서 혼자 남은 외로움을 세우고,

대상 없는 그리움을 그리고.

엄마, 이것이 내 서울의 트라이앵글이었어요.

그래요, 사실 잘 지내지 못했습니다.

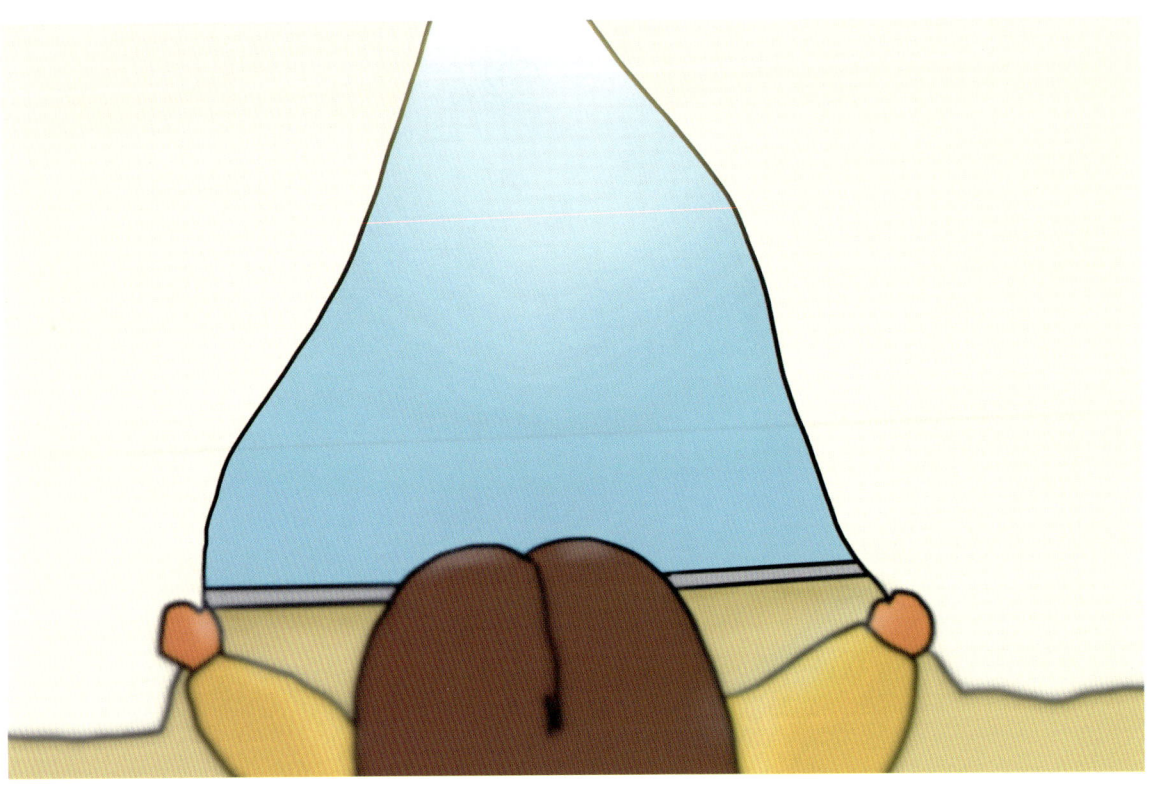

밤새 고백을 함께 들어준 달이 지고, 밝은 해, 맑은 하늘이 서울을 드리웁니다.
마음의 숙제를 털고, 가뿐해진 몸과 마음으로 맞이한 여덟 평 세간살이의 아침.
도깨비 엄마는 흔적도 없이 사라졌습니다.
어제의 고백은 꿈이었을까요.

'안녕하십니까'
김 부장의 얼굴이 이상합니다.
매일 구부러지던 두 눈썹이 드디어 만났습니다.
닿을 듯 말 듯 애간장을 녹이던 두 눈썹은 하나가 되었고,
입을 열 때마다 보이던 큰 앞니는 빠져 바보 꼴을 하고 있습니다.

'부장님, 품의 올렸습니다.'
늘 하던 대로 한숨을 뱉어야 할 그의 입에서 나온 것은

'꾸꾸 까까'
김 부장이 놀라 두 손으로 입을 막고, 김 부장보다 더 놀란 직원들의 눈이 그를 향합니다.

아무래도 누군가가 김 부장을 혼내준 것 같습니다.

고마워요.
도깨비 엄마.

고라니의 노래

글 신보라 · 그림 박초은

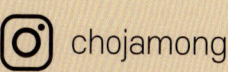

고라니는 노래를 잘하고 싶었어

목에 힘을 주고 노래를 불러 보았지.
2절까지 다 불렀는데도 들어주는 이는 아무도 없었어.

연습에 방해꾼까지 생겼어.
방해꾼들이 사라진 날, 고라니는 집을 잃었어.
그리고 노래할 수 있는 무대까지도.

슬퍼할 것 없었어. 새로운 세상이 펼쳐졌으니까!

새로운 세상에는 고라니가 꿈꿨던 화려한 무대가 있어.
목청껏 불러볼까?
노래가 마음에 들지 않았나 봐. 연습이 더 필요할까?
앗, 저 쪽에서 음악소리가 들린다.
고라니 엄마는 아무데서나 노래하지 말라고 했지만
이 구역 노래왕인 고라니가 음악을 놓칠 수 없지.

처음 보는 관객들이 많이 놀란 걸까. 화가 난 걸까?
새로운 세상은 정말 무서운 곳이구나.
엄마 말은 역시 틀린 게 없었어.
이곳은 고라니의 무대가 될 수 없을 것 같아.

고라니의 노래가 허락된 곳,
엄마, 아빠가 먼저 떠난 그곳으로 가봐야 할 것 같아.

대머리와 콧수염

글 신보라 · 그림 공인애

picking.ones.nose

우리 아빠는 머리가 반짝이는

대머리예요.

어푸푸푸! 반짝이는 머리의 세수 시간,
세수하면서 머리까지 빡빡 빡빡
수건으로 얼굴부터 머리까지 빡빡 빡빡

깨끗하게 씻고서 소파에 누우면
강아지들이 아빠 머리를 핥아줘요.
우리 집 비누가 청포도 향이거든요.
달콤한 향이 나는 동그란 머리가
아무래도 청포도 알 같은가 봐요.

반짝이는 머리가 더욱 반짝반짝
강아지는 음~ 달콤해.

우리 아빠는 할아버지랑 똑 닮았어요.

긴 눈, 벌름코, 봉우리 뾰족한 입이 똑같아요.

그런데 머리카락은 할아버지만 가졌어요.
할아버지는 머리카락 부자거든요.
머리카락이 넘치고 넘쳐서
코밑에도 자라고 있어요.

가장 큰 그림을 그리고 싶을 때면 할아버지 콧수염이 생각나요.

콧수염으로 물감을 색칠한다면 하늘에 무지개도 그릴 수 있을 것 같아요.

아빠 머리가 춥다고 할 때도
콧수염이 생각나요.
할아버지가 머리카락을 조금만 양보해준다면
아빠 머리가 따뜻할 텐데!

할아버지가 곤히 자고 있어요
파리가 코에 앉아도 깨지 않고 코~
머리카락 부자의 털을
조금만 가져가도 될 것 같아요
조심조심 살금살금.

번-쩍!!! 할아버지의 긴 눈과 마주쳤어요
히익 너무 놀라서 몸이 굳어버렸어요
입부터 슬쩍 웃으니
할아버지의 긴 눈도
양쪽으로 기울어져서 웃어요.

그날 할아버지가 큰 귀가 달린 토끼모자를 사주셨어요.
내 것 하나. 아빠 것 하나.

아빠는 자기 것은 왜 샀냐고 하지만
나는 알 것 같아요.
머리카락을 주지 못한 할아버지의
미안함 때문일 거예요.

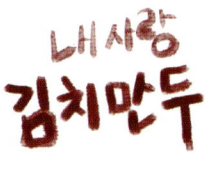

그럴 만두

글 신보라 · 그림 공인애

 picking.ones.nose

아삭아삭 씹히는 맛이 일품인 김치만두

혀를 감싸는 신김치 향이 그리 좋아

담백하고 톡 쏘는 김치만두를

우리 엄마가 제일 좋아해요.

아직 만두 인생 초보,

애송이 동생은

김치 만두 먹고 맴맴

매워서 맴맴 우니 그럴 만두~

풍미 가득 고기를 가득 채운 든든한 고기만두.
한 입 한 입 고이 즈려 씹을 때마다
퍼지는 육즙이 그리 좋아~
육식 공주 내가 제일 좋아하는 고기만두,
한 판을 혼자 다 비우면
마무리로 콜라 한 캔 콸콸콸.
썸남 앞에서 저도 모르게 크게 꺼~억하니 그럴 만두~~

한입에 쏘옥 들어가는 교자만두.
부들부들 만두피와
야무지게 들어간 두부, 배추, 간 고기를 씹으니
감칠맛이 그리 좋아~

만두를 예쁘게 빚는 아빠 덕에
훤칠하게 태어났다는 언니가 제일 좋아하는 교자만두
원 플러스 원은 늘 부족해, 한 세트 더 얹어 구매하니 그럴 만두~~

기름에 튀겨 고소한 맛이 영혼을 적시는 군만두.
식초와 간장을 섞은 양념장에 고춧가루를 뿌려
군만두를 한 번 담그면
꼬숩고 시큰한 맛의 조화가 그리 좋아~
일요일 오후마다 짜장면을 찾는 아빠의
소울푸드 군만두.
고소한 냄새의 유혹에 홀려 황급하게 입으로 돌진시킨 군만두를
바-삭 씹으면 터져 나온 뜨거운 기름에 혀가 데어 그럴 만두~~

향긋한 부추 향과 바다내음 가득한 새우의 풍미가 멋진 부추새우만두.
찜기에서 갓 나온 뜨끈한 부추새우만두를
입에 물면 산과 바다가 느껴지는 특별한 맛이 그리 좋아~
늘 남들과 다른 것을 찾는
관심종자 동생이 제일 좋아하는 부추새우만두.
괜히 더 고급스럽고 싶은 날, 유니크함에 끌려
부추 향 새우 향 입에서 한가득 돌리고 나면
말 안 해도 먹은 것을 들키고 마니 그럴 만두~~

한 번 빠지면 헤어 나올 수 없는 마성의 납작 만두.
매콤한 양파 무침 버무려 납작 만두에 곁들여 먹으면
긴식인 듯 식시인 듯 오묘한 그 맛이 그리 좋아~
기름 둘러 은근하게 달군 팬에 올려 부치다 보면
하얗게 부풀어 오르는 납작 만두.
이때가 바로 뒤집을 타이밍!

미모로 대구에서 한따까리하셨다는 할머니가 가장 좋아하는 납작 만두.
다닥다닥 붙은 납작 만두 한 줄, 두줄 먹다 보면
어느새 다 비어버린 한 상자, 결국 할머니에게 등짝 맞아 그럴 만두~~

쫄깃쫄깃한 식감을 멈출 수 없는 매력덩어리 감자만두.
건강한 만두피라는 유혹의 말로 날 꾀어내고
엄마까지 유혹해내면 우리 집 밥상 가득한 감자만두가 그리 좋아~
쫀득쫀득 만두피 가득한 맛있는 만두소
먹다 보면 기분 좋아 콧노래가 룰루랄라,
흥 많은 이모가 좋아하는 감자만두.
어릴 적 감자만두 쫄깃함을 멈추지 못하고
두 개, 세 개 먹다 보니 내 어금니가 빠져버려 그럴 만두~~

인심 좋기로 소문난 왕 크니까 왕 맛있는 왕만두.
산신령이 나올 것 같은 왕만두 집에서
함께 파는 찐빵과 왕만두를 한 봉투씩 사 오면
손목에 느껴지는 양손 가득 무게감이 그리 좋아~

하나씩만 먹어도 배가 든든하니
출출한 것은 못 참는 할아버지가 제일 좋아하는 왕만두.
푸짐한 왕만두 먹고 서운해할까 찐빵도 하나씩 먹다 보면
겨울 끝자락, 내 몸도 왕 푸짐해져 그럴 만두~~

꽃잎에 누워서 보이는 당신에게

글 신보라 · 그림 박나라

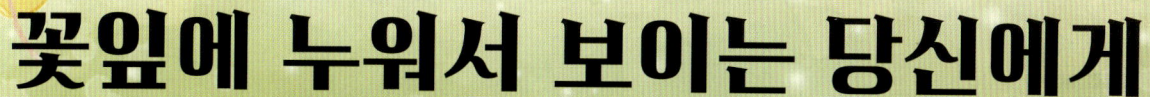

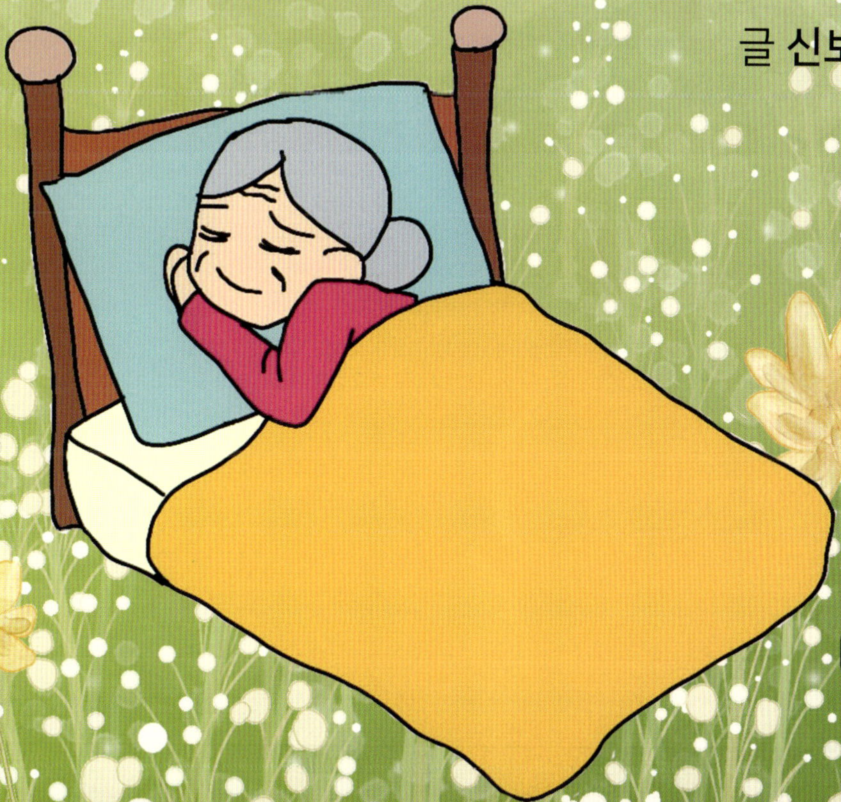

narayolo

오늘도 눈이 빨리 떠졌소.
늦게까지 자려고 했는데
여기까지 와서도 샛별 아래 일어나는 것을 보니
어쩌면 난 여명을 보기 위해 평생 새벽을 깨우며 살았던 것은 아닐는지 생각한다오.

정숙이 당신도 이 여명을 보았겠지.
이 새벽을 깨워 뒷마당 닭집 문을 열어 모이를 채우고
밤새 집을 지킨 시루를 한참이나 쓰다듬고
새벽이슬이 내려앉은 물그릇을 씻어 갈아주었겠지.

시루 걱정이 많이 되는데.

당신에게 맡기고 혼자 좋은 곳에 와 있으니 마음이 무척 쓰인다오.

시루 고것이 시골개답지 않게

꼭 새벽 천변 가를 걸으면서 똥 누기를 좋아해서 말이야.

노인네 방에만 들어앉아 행여 쓰지 않은 무릎이 녹이 슬까

걱정되어서 그러는 것이라 생각하고 함께 나가주오.

어제는 오래간만에 못 보던 얼굴들을 만나 한 잔 기울였지.
이곳엔 포도나무가 많아서 우리 집
다락만 한 대야에 포도를 넣고 담구는데,
맛이 그리 좋다오.
누가 신의 물방울이라고 부르더군
신의 손끝에서 떨어진 이 포도주가 마법을 부리기라도 한 것인지.
나는 어제 좀 취한 것 같았다오.

맛에 취한 것인지 어제 함께 한 얼굴들 중에는 어릴 적 원수 맺은 용건이도 있었는데 그 낯짝까지 예뻐 보입디다.

뭉툭한 코며, 평생 받은 햇빛의 양만큼 얼굴에 피어오른 검은 점들이며,

그 사이를 여러 갈래로 가르는 주름이며, 하나도 밉지가 않더이다.

집 좀 산다고 목이 뻣뻣했던 용건이도 세월에 어깨와 목 근육이 풀어진 모양이오.

당신이 들으면 주책이라고 창피해하며 고개를 돌리고 실소가 터질 수도 있겠지마는 여기서 나는 종일 노래를 부른다오.

나뿐만 아니라 여기 있는 모두가 그래.

처음엔 다 늙어 평생 해보지 않은 노래를 한다는 게 영 어색해서 한 마디 내뱉기도 어려웠는데. 지금은 노래를 말처럼 하네그려.

어제까지 흙만 평평하던 땅에 오늘 국화가 흐드러지게 피어서
그 잎에 누워, 아래로 보이는 당신 있는 곳을 향해 노랠 했지.
음을 아는 시인이라도 된 양.
평생 소 키우고 여물 주고, 하늘 아래, 땅 위에 서 있기만 하던 내가,
입 꾹 다물고 다정한 말이라곤 뱉을 줄 모르던 내가,
하는 것이라곤 두 손 모으고 조용히, 몰래 하늘 향해 기도만 읊조리던 내가,
이곳에선 꽃 위에 누워 땅 아래 하늘 위에서 낭만을 말한다오.
아무래도 이곳이 좋아서 나는 찬양이라도 하고 싶은 모양이야.
혼자 와서 참으로 미안하네.

무얼 하지 않아도 불안 한 점 없이 흐르는 시간이 참 좋아.
아버지와 함께, 나와 시루처럼 천변 가를 걷기도 하고,
찐 감자로 요기도 하고, 정숙이가 좋아하던 솜사탕도 먹으며
정숙이 당신을 그리기도 하지.
오늘 낮엔 어머니 무릎에 누워 당신 이야기를 하다가 잠이 들었다오.
백발이 성성한 아들의 이마에 행여 땀이 맺힐까 바람을 부쳐주던
어머니 손길이 느껴져서 잠이 깼는데도 눈을 뜨지 못했어.
조금 더 느껴도 될 것 같았다오. 오래간만이니까.

나의 하루는 이랬다오.
정숙이 당신은 오늘, 목줄을 끊고 동네 마실을 나간
시루를 찾으러 집 뒤 언덕을 쏘다녔더구먼.
아직 바람이 찬데, 겉옷도 걸치지 않고 말이야.
밤늦게 퇴근하는 나리 걱정에 잠도 아직 못 들고 있고.
다 큰 손녀 걱정일랑 붙들어 매고, 밤에는 눈을 감아.
하늘을, 당신이 좋아하는 반짝이는 자수 박힌 이불 삼아 편히 자오.
정숙이의 낮과 밤을, 지켜주는 이가 있으니,
이제 걱정이랑 말고, 불안은 내려놓고 자오.
그이가 내 여기 머무는 곳도 지어주신 분이니 당신의 남은 시간을 모두 맡겨도 된다오.

나중에 그이가 초대하면,
그때 우린 다시 만나, 못다 한 이야기를 하기를 기약하오.

-하늘에서 천호가 정숙에게

※ 이책은 저작권 법에 따라 보호받는 저작물이므로 무단 전재와 복제를 금지하며,
　이 책의 내용의 전부 또는 일부를 이용하려면 반드시 저작권자와 책을보라의 서면동의를 받아야 합니다.
※ 잘못된 책은 구입하신 곳에서 바꾸어드립니다.